# 大手門

出雲筑三詩集

詩集　大手門＊目次

一章


大手門　8
竹田城　10
ノサップ岬　12
津和野へ　16
鞠智城《きくちじょう》　18
うつくしい恋の歌　22
丸岡城　26
信濃川　28
錦帯橋　32
名護屋城　34
月山《がっさん》富田《とだ》城　36
ライバル　40
塩田平　42

## 二章

海　48
爺の心配ごと　52
狛犬の空　54
砂の暗号　56
西暦二五〇〇年　58
花粉　60
登呂遺跡　62

## 三章

湿原　68
峡谷の湯　70
ローザの夢　72
白鷺　76
芭蕉布　78

独歩の道　80
つばき　82
人吉　84
まつうら鉄道　86
草原のガゼル　88
つばめ　90
朝のおとづれ　92
牡蠣　94
虎の尾　96
汽笛　98

跋　北畑光男　102

あとがき　106

# 詩集　大手門

# 一章

# 大手門

かつては威厳に満ちていた大手門
今は石垣だけがひっそり座る
一礼して入城　歩を進める

虎口*を一徹に守り
白い樹肌の仁王のごとく
すっくと立つ老樹

直角の路地を曲がると
光明を受けてそそりたつ
石垣から煌めきの水球おちた

生きのびた大樹が耐えかねて
しずりを落とすと
雪は白鷺となって舞いあがる

いくども代わった盟主たち
城はそのたび化粧する
少しずつ隠れ道が増えてゆく

僅かな隙間をみつけ
風の質問に応える叡山すみれ
密やかに　軽やかに

信じた道を堂々とまかり通る
旅路を重ねて　門に向かう
心の大手門へと

＊　虎口　防衛拠点として工夫をこらした桝形正面入口

# 竹田城

氷雪の山よ
愛しき者達を守りたまえ
私もまた貴方とともに
この地で最期まで尽します

雲海に波打つ山のなぎさよ
荘厳なる峯の頂《いただき》に
まぶしき光を与えたまえ

尾根から尾根へと
夜の静寂をわたる烈風の轟きは
ふるさとを守護してくださる音

山のふところは厳しくも
六段の石垣に散った涙は
可憐にも花となり咲いています

山よ谷よ　いつの日にか
貴方と一体とならんことを
白銀の鶴に託し祈ります

戦乱の世は
限りある命あるゆえに
愚かな宿命を背負い
生きてまいります

# ノサップ岬

北の大地はそれ自体が要塞
凍てつく赤土の崖は
そそりたつ牙に似て誰も認めない

アイヌの親子は外套の小さな隙間から
小さな笑顔の日々を過ごしていた
営々と暮らしていたある日
南から大きな船と和人が
火を噴く鉄の棒を担いで来た
昆布やクジラが獲れる頃
奴らは　にやにやしながら
かっさらってゆく

弓の名手だったオサが抗議すると
意味のわからない銃弾が火を放ち
祖父からの首飾りは飛び散った
ことばは通じない
いや通じても答えは変わらない
抵抗すると例の鉛玉が飛ぶ

カムイ*よ
戦いの　許しを与えたまえ
このままでは我らは家畜となり
生きていく誇りを失う

あぁカムイよ
戦いは虚しくおわりました
オホーツクの沈む夕陽
見渡す限りの血染めの草もみじ

奴らのずる賢さは尋常ではない
カムイを恐れる先住民を
野蛮人と言って憚らない
文字こそ持っていなかったが
信じて疑うことを知らない我らは
心の仮面をかぶることを容認しない

お人好しの民は
どの時代にあっても
どの地にあっても
嘲笑されて
骨をけずられ滅びてゆく
それが宿命なのだろうか
森と湖に遊んだ
いや森も湖もひそかに愉しんだ

童たちの声はなく
遅い春はまだ来ない
はるかに流氷のきしむ音は
亡父の止まらないうめき聲

ノサップ岬には
北海道開拓により犠牲者となった
和人の殉難墓碑が建立されている
我らアイヌの事情は
ひと言も記されていない

＊
カムイ　神・アイヌ語

# 津和野へ

萩から津和野への路線バスに乗る
客は最前席に乗った私一人だけ
『津和野か　あそこは蒸し暑い処だよ』

バスは茅葺の家と畑をどんどん飛ばして行く
二十分もすると　老婦人が乗ってきた
これで乗客は二人になった

『このバスは萩には往かんのかのう』

『ばぁちゃん　逆コースじゃけん
一時間も待ったんに間違えたんか』

山陰の野や山がどんどん現れて
どんどん萩は去っていく
かなり走ってバスは道端に停まった

『ばぁちゃん　バス停が見えるだろう
あそこから戻りんしゃい　金はいらんけぇ』

『いいから早く降りてくれ　金はいらんと言ったろが
ばぁちゃん　今度は気をつけや』

やがてバスは国道を外れて専用駐車場に入った
運転しなくても百と六分の長丁場はきつい
バスをピタリと停止させると彼は言った

『ここで一服して少し休むけん
お客さんが散歩から戻ったら出るけん』

## 鞠智城《きくちじょう》*

完敗であった
まさか唐の大軍が現れるとは
新羅が危険な選択をするとは考えが及ばなかった
倭の存亡をも賭けた四万二千の百済復興軍
二百年とも三百年とも　いやもっと昔から
倭と百済は本当の家族であった
何もかも圧倒されて
何もかも失った
しかし王を失った百済の貴族や武官たちは
もっと残酷だった
今や選択する時間の余裕はない
倭には天然の要塞　海流と海峡がある

遣唐使船の航海の難儀さは唐も熟知している
遺臣たちよ　絆の深い倭と共に生き残り
両国一致して防衛体制を立て直せ

倭国の失った船団と兵も甚大だった
改めて全国から防人《さきもり》を募ろう
敵は新羅ではない
世界の文化と武の大国　唐なのだ
国家の危機は明日かも知れぬ
今までは武の倭　文化の百済だったが
亡命者たちから
文字・律令・政治・仏教まで
文化を学ぼう
土木から瓦・金具・鉱山・建築まで
技術を学ぼう
武と文化の融合により侵略に耐えられる

新しい国家建設に身をささげよう
さらなる悲劇を招かないために

決意新たに　詩を語りあう

防人の交代告げる鼓楼の音
透きとおる風　さわやかさ
海峡へだてた故郷を思い出す
白村江の戦いで
血泥と汗にまみれた二人の顔
信義を守った涙を忘れない

　百済の友よ　筑紫の地までよくぞ来た
　同盟のきずなを築く城をつくろう
　あの時　窮鼠の海で出会えて
　　本当によかった

　君の背中は朝のまぶしさ

倭の友よ　この地に葬ってほしい
　新しい国造り　故郷となる地に

多くの涙を失った友よ
　信頼してくれて頬の傷もうれしい
　力を合わせ　喜びを分かち合おう

ああ　八方宇宙の楼閣よ
温和な顔に秘める無常の
緑青ふく百済の菩薩立像ここに在り

＊　鞠智城は天智天皇四年八月（六六五年）百済王の遺臣。達率の憶礼福留《おくらいふくる》・四比福夫《しひふくぶ》が指揮し、大宰府を守る大野城の兵站基地として築城された

# うつくしい恋の歌

どこまで追ってきやがる
この上　何が欲しいのか
霧が波打つ秘境に軍靴の音
略奪を国益と称し
骨の髄までしゃぶる奴ら
弱いと判ると容赦しない
これまで多くの民と財を失った
侵略者はどこから来るのか

弱者の知恵を絞りだそう

民族衣装も軽やかに
笑顔たやさず敵情を歌に託せ
鬼どももさすがに気がつくまい

ランラン山賊が来たぞう
南の峠からルンルルン兵八百
西の川からもルルル騎馬五十

あぁ急いで歌から歌へ
峰から峰へ　そして里山へ
同胞《はらから》の澄んだ声が木霊《こだま》する

オイお前　何が嬉しいのだ
隊長さま　これは彼の大好きな
うつくしい恋の歌なんです

一九九二年
秘境宝《ほ》峰湖《ほうこ》は世界遺産となった
山の民がひっそり過ごした五百年
隠れても　隠れても
またもや過去がよみがえる

金と自由が欲しければ
聲と衣装でかせげ
世界遺産登録の主旨とは
観光収入を得るためにある

軍服を着た数人の切符売り
外国人客にまで
油断ない視線をおくる

民族衣装の歌姫の

うつくしい聲
峰々に拍手と喝采が沸き上がる
しかしチップを貰って会釈したが
笑わなかった歌姫

うつくしい声　恋の歌

果てしなき敗北者の刻印は
今も少数民族に纏わりついている
湖水の下には
想い出までも沈んでいく

# 丸岡城

日本で一番みじかい父からの手紙
「一筆啓上　火の用心
　お仙泣かすな　馬肥せ」

丸岡の家族から離れ
寝る間もなく時間に追われる日々
やっと　そっと書いた文《ふみ》
武将の手紙は後世まで語り継がれる

丸岡城は一向宗に打つくさび
試練を受けた柱の年輪の隆起は
天守の血管となって脈動する

因習にとらわれない石の瓦
建物は文字通り重鎮さを増し
非常識の非をとった

念仏を唱えるのは罪ではない
農民の苦しみを
お前のために利用するな

宗教勢力との戦いに
屈しなかった男の
決意ゆるがぬ　石《いし》の鯱ほこ

# 信濃川

少年だった頃は
長岡藩士の家系として育った
今日も朝の鼓の信濃川に遊ぶ

わずか膝くらいの深さでも
若鮎がつぎつぎと脛に
心地よい会話がつづく

北越戦争で血に染まった大河
上杉謙信の遺伝子か
徳川に義をつくし戦った

生きるとは
国の大事に死ぬるとは
精鋭は心残して力尽く

時ながれ文明開化で鉄道が敷かれたが
本丸跡は故意に鉄路の下
矛盾と屈辱に歯を食いしばる

やがて彼はあえて火中の栗を拾い
連合艦隊の司令長官に
劣勢での挑戦は越後の雪風土

「云い度いこともあるだろう」*
上に立てば立つほど　痛いほど
名将でも深淵の我慢があったのだ

非戦闘地域の長岡空襲
復興の傷が癒えた時に襲いかかる
自然の猛威　新潟地震

どこまで
いつまで　踏みつけたら
魔神は気が済むのだろう

越後三山　八海山
令和の少年少女は境をこえ
ギンヤンマは稲穂に遊ぶ

心あらたに偲々たる越後の空に
鎮魂と
懺悔をこめて
お盆には白菊の花火を供えよう

滔々と流れゆく
夜の信濃川
満月にしっとりと枝垂れの花
沈黙の河を照らす白と青紅の光

＊
山本五十六名言集『男の修行』

# 錦帯橋

なぜ命かけた天守を壊したのですか
いざという時に逃げ腰になった方ですぞ
そんな本家にまだ義を尽すとは

ことば巧みに翻弄され
まんまと悪用された善意
時代を超えて　今も消えない

そこまで御自身を責めますな
三本の矢の遺訓を継承した殿《との》
信じた相手がキツネとタヌキなのです

いや違う
誰もだます気など無かったのだ
自分の城を守るためには
それしか無かったのだろう

李白が散策した西湖にある石の橋
あちらとこちらを結ぶ風雅な虹
名を錦帯橋というらしい

激動の歴史と激流の川
武士と百姓・町人との垣根をとり
天守のかわりに描く毛利の虹

吉川広家《きっかわひろいえ》の真《まこと》の河をつなぐ
木造りの五竜の大橋
欺瞞なき天空に登ってゆく

## 名護屋城

このまま残してはいかん
だいいち出来過ぎている
野心が芽生えてしまうだろう

幕府の破壊命令には理あり
あまたの死をだした天草の乱
再利用されてはまた犠牲者がでる

要石をひとつ崩してみたが
次石がびくともしない
もの造りの先達の智慧

お前はいい加減な奴か
しっかり仕事をしてきたか
石の放つ意思と遺志

物心一如の職人気質
やっと転ばせた石塊は
元に戻る気配ただよう

玄界灘にできた浪花男の城
恨《はん》の海峡をこえ
断裂の足跡が消えない

違いを認め合わないかぎり
理屈を言ってるかぎり
戦争は無くならない

## 月山富田城《がっさんとだ》

『願わくは
　われに七難八苦を与えたまえ』*

豪傑・無双の若き日の純粋
ひたすら手を合わせ　祈る山中鹿介

偉丈夫は戦うたびに戦功をあげ
それは鬼神のごとし
大義のある主家の再興に奔走し
心ならずも
かつてのお館の城を
攻めるのは刃《やいば》を呑むようだ

腕白の頃にのどを潤した
山吹井戸はまだ在りや

もてあそばれた時は矢のごとく
むし返しは新たより難し
月は器用に
円くなったり　尖ったり
蝶のひらひら舞い扇
それに引きかえ
やまは　山は　月山は
微笑んでくださることも無い

神代の時代から
鉄の産地として
銀の産地として
権力の産地として

月山富田城ほど
戦いに明け暮れた城はない

西国覇者の悲惨な末路
山中鹿介のあまたの武勇と忠義
敗者ゆえ
歴史から忘れかけたが
戦時中は
忠君愛国の誉れ武者とたたえられ
また特攻精神の実在証明として
軍国政府から国民にひろく
喧伝された鹿介の赤心

応仁の乱から毛利との戦いまで
戦闘では一度も陥落しなかった城

月山富田城は
歴史のため息を忍ばせている

夕暮れに
ひとり本丸を訪ねると
落ち葉も枯れて鎮静な門のあと
凬さそう顕彰碑を照らす
たそがれに　まぶしき紅《くれない》

＊　山中鹿介「尼子家再興」の祈願文より

# ライバル

一途に駆け一途に強かったゴサマル[*1]
ゲリラ的な豪雨に耐えた築城の冴え
ペリー提督が驚嘆した優美な城壁
お前は努力家で役に立つ反面
敵にまわれば劇薬
アマワリ[*2]と違い裏の詞など
読み切らないのが勇者らしいが

十歳で親に捨てられた惨めなアマワリ
不幸を不幸とも思わない素質
交易で成功し勝連城主に即位した
ローマ金貨まで手にした若き王

繁栄を喜び民衆は口ぐちに叫ぶ
「千年も…この地を豊かに治めよ」と
アマワリは蜘蛛の巣の形から
漁網を発案した知略もある

あの二人に手を組まれたら…

二人の寵児は謀略で滅び
漁夫の利を得た薩摩軍
疑心王朝の末路を歓呼が刺してゆく

飛びぬけた異才同士の対決
強いだけでは生きられない
賢いだけでも生きられない

＊1　護佐丸　十四世紀に琉球統一に貢献した座喜味城主
＊2　阿麻和利　勝連城主・按司十代当主

# 塩田平

信玄は我が眼をうたがった
どこかでみた戦略
解っているのは
俺ひとりのはず
味方が崩壊していく
それはいつもと逆の光景
いったい何者と戦っているのだろう
まずは撤退して陣をしく

見透かされている行動
もう一人の自分が泡を吹いている
負の連鎖とはこのことか

ところが優位なる敵は
引き潮のように引き上げていく

おぉ何という幸運
『勝負は最後の一秒まで諦めるな』
部下に訓垂れておきながら諦めていた

相手の大将は姿をみせない
わからん
わからん
なぜ許すのか　この絶好の好機

『これは勝ちじゃ　五分の勝ちじゃ
むっ無礼な　何を苦笑しとる
逆襲を恐れて引き上げたのじゃ』

風に誘われ
馬上から塩田平を見ると
黄金色の波がそよいでいる

『急ぎ帰るぞ
　大切なことを思い出した』

実るほど頭《こうべ》を垂れる稲穂かな
いわし雲は越後へゆるやかに
千曲の川を泳いでいく

# 二章

【地球は青かった】
一九六一年四月　ユーリィ・ガガーリン

# 海

雨が降っている
毎日まいにちの豪雨
かれこれ三千万年降りつづく

その少し前までは
一面のマグマオーシャン
火龍が雄叫びをあげて舞いあがり
惑星や隕石も先を競って
愛染明王の塊となって合体し
地球はさらに三割大きくなった

雨は滔々と降りつづき

旅の星たちの持参水のお陰もあり
いこいの海から
ささやかな命を得る

それは逆境の海からの誕生だった
シアノバクテリアによる光合成まで
ひたすら失敗ばかり
二十億年以上の歳月を
母の胎内にいるごとく
小さな命を
増殖し進化を遂げさせてきた海
太陽から発する
死の紫外線は皮肉にも
オゾンという
地球ガードマンを合成した
ついに陸に上がれる時がきたのだ

水の分子には垣根がなく
何でも溶かし融合をくり返す
全てを呑みこみ
現世に現れた海
海流は海の関与を立体的にした

豊饒となった海に
雨が激しく降っている

蟹は潮の引くのを今かと待ち
寸暇をおしんで食事する
ひょこっと潜望鏡から陸をみたり
波に洗われるのを愉しんでいる
岩にはたゆまない怒濤が砕け散る
水陸両用を選んだ蟹は

末期まで生き残るかもしれない

雨が降っている
最近はいきなり大量に降る
夏でもないのに汗かきになった

海は善否の均衡を保つため
海流の循環経路を検討しだした
マグマは次の準備に備え回遊を辞めない

母なる海は秘めている
怒濤の星たちの願いを
さまざまな水たちの葛藤を

# 爺の心配ごと

そうな…千五百万年前じゃ
地面が割れて日本海ができてのう
それまでは朝鮮とは陸続きだったのじゃ

北海道はシベリアと陸続き
だが津軽海峡はあったので
にっぽんは二つだったのじゃ

恐竜もマンモスも闊歩してきた
はるばるとホモサピエンスもきた
あの時はみな自然界の一部だったのじゃ

つい先ごろ氷＊が融けだしてのう
水面があがって四つの
美しい島に…なったんじゃ

地球は生きているのじゃ
当時は寒冷期だったが
この頃は自律神経失調気味じゃ

大丈夫かのう
好きかってに　冷房だの散らかし放題
地球は呼吸しとるんじゃ

悪い風邪でもひかなきゃいいがのう
変なごみを吸いすぎ　床を蹴飛ばす
くしゃみが出そうじゃが

＊　一〇〇万年前

# 狛犬の空

狛犬の阿《あ》は神宮の空を見あげた
春より少し濁っているが
空は蒼かった

これは何かの錯覚だ
だって一年ぶりにきた渡り鳥は
うす黒いと言っている

玉座さまにお伺いすると
低い雲のせいだよと　ひくひく笑った
だが虚ろな眼は何かを知っている

いつまでぽかんと口を開いておる
どこからか聲がした
足許を見よ　お前の足許だよ

一途に働いてきた人生
いつの間にか地中に埋め込んだ
お地蔵さまの柔和な顔

空はいつまで　碧いままだろうか
海はいつまで　我慢してくれるのか
吽《うん》は屹度くちびるを噤んだまま
見開く眼は一点を睨んでいる

# 砂の暗号

だれだね　この砂の暗号を消したのは
もしや絶滅寸前のイソカニ族か
奴は怒ると唾液を循環する癖がある

東京ドーム百杯分を発射せよ
定番のブタクサプランがいい
草には悪い名だが　奴らに似合う名だ

昔は気にならなかった花粉
いまは愚直にマスクする奴ら
執りつかれた目の行列は罪人にふさわしい

自然を破壊しつづけ
罪を罪とも思ってない人間
花粉弾で鉄槌を与えてやる

すっかり感動を忘れちまった
征服者ぶる人間たち
問いただす心を失って久しい

イソカニ族が気づいても心配はない
はら一杯のくせに　まだ食べて
しかも残す天敵がきらい

調和不能となった汚染経済の借金
呼吸することが如何に困難か
償わせる時がきたのだ

# 西暦二五〇〇年

主任昇格おめでとう
奮発して最高の祝い膳するね
そうよ　あの稚内《わっかない》産のこしひかり

明日は休みなので
川越大桟橋より水上バスに乗り
元首都東京の史跡巡りしましょう

羽田養殖場のべにあなご懐石も
ご馳走してあげる
めっちゃ　美味いのよ

わたし好きなの
夕焼けの高輪が丘から眺める
ひなびた日比谷入瀬の浜

昔の紙の教科書にあったけど
もう外で肉体労働する人がいない
あんただけは珍しく違ったね

ＡＩ相手の難しいドローン技能士
二度目で合格　いつ勉強してたの
ところで銀座ってどこ

お前　知らないのか
歩行者天国があったんだよ
まぁっ　冗談もほどほどにね

# 花粉

花粉たちよ　明日は偏西風が低い
風を切り　雲に乗り
種の保存を背負ってくれ

木曽ステーションより
ウイルスを視野にいれた
新しい連携をする

我らは自ら動くことはできない
人類より雄渾で永い生存の歴史
先住種として傍観は許されない

ヒートアイランドが加速する都会
資本効率化をやめない経営者
麗しき人は　どこにもいなくなった

自滅の道を邁進した飽食者
このままでは海や地は疲れはて
遺伝子操作のクローン樹だけとなる

堕落者の
巻き添えをくらう訳にはいかぬ
数年に数時間だけ雨粒が降るだけでも
美しくよみがえる根と幹

一刻もはやく完成させるのだ
人類を見限って

# 登呂遺跡

弥生時代の登呂集落に
三千ミリの雨が降った
津波のように
何から何まで跡形もなく流した

不機嫌な風ふけば洞窟に隠れ
理不尽な火ふけば水に隠れる
昼は森と海を祈りみて狩りをし
夜は月と星を仰ぎみて感謝する
防災に気候に　無抵抗な民たち

一体どなた様が

あれほどの雨を
呼吸できなくなる程の雨を
どこが河で
どこが道かも知れない雨を
降らせたのでしょう

古代樹の年輪による
最新の元素同位体解析では
四百年周期で
集中豪雨は発生してきたとある

次は西暦二一〇〇年の気象予測
その兆候は予定より速まっているという
しかし声をあげる勇者は少女だけ

こんどは一体どなた様が

登呂の雨を
降らせるのでしょう

国同士のいがみ合いは
何千年たっても　堆積するばかり
周期とツケの雨がきたとき
敗者は致命的なダメージとなろう
だが勝者にも雨は降りつづく

一体どなた様でしょう
少ないパイに目を奪われ
悄然と雨音を聞く勝利者は

誰も糾弾する者はいない
人類のみずからによる淘汰は
ブラックホールに

足許から吸い込まれるように
巨大な闇の力を巻き込み
停まることなく始まっている

# 三章

# 湿原

初夏
少し傾斜した木道を進むと
そばに小さくて白い花
精いっぱいに咲いていた

六千年前は
古釧路湾と呼ばれた海
はるかに阿寒岳をのぞむ

かつての海にもどれば
数千年におよぶ盛り土は徒労
浮草の下には海が住んでいる

時おり山から風が吹くと
ひたすら頭を下げる蘆
とおり過ぎるまで下げている

『陸になっちゃえばいいのに』
『いや海だった頃が良かった』

押し問答にも沈黙つづける沼

釧路川は蛇行を続けている
平坦な原野を
小さな花をよけて流れていく

# 峡谷の湯

今朝は石畳がしみる
夜来の雨で水かさを増した河
渓流は岩床を洗うが濁りがない

峡谷のみじかい秋
落ち葉は冬の到来に忙しく
陰にあった緑はやっと存在を示せた

露天には贅沢にも誰もいなかった
柿色や黄・緑のまじる
いろはもみじ　湯を染める

ゆるりと微温の湯にひたる
頭蓋骨を岩くぼみに委ねれば
落葉の樹林からのぞく青い空

湯気がそよ風にさらわれると
おりおりと雪見灯籠かすみ
せまる楓は修験僧の腕に似る

温泉には諸々とほぐす力がある
湯口からは経文がながれ
肩も足腰も　海馬までも安眠する

ほどよく芯から温かくなったころ
一羽の野鳥　ピーと空気きる
ひくく高く　嶺を越えてゆく

# ローザの夢

ローザはバスの運転手から命令された
ホワイトが乗車した
席をあけろ　と

ローザは微かな声で言った
どきません
警察を呼ぶぞ　運転手は威喝した

意志を通したローザは逮捕
乗合バスにいたカラーたちは
ローザの背中に輝く羽根をみた

ホワイトに席を譲らないと罰する

この法律は正義ではない
少女に代弁させるなんて
なんて俺たちは意気地なし

保釈金を福祉協会が払い
小さなヒーローは釈放された
絶望に身を委ねるのは終わろう
カラーたちは震える拳を固くした

俺達は金を払って乗車している
差別をなくす戦いを始めよう
ぬかるんだ道を　抗することなく
さぁ　みんなで歩いて行こう

翌日から通勤、学校、買い物など
朝早く家をでて
夜中に帰宅するものもいた

途中から話を聞きつけた牧師は
無抵抗の抵抗を
ガンジーの夢を言い続けた

不当逮捕が相次いだが
ローザは輝いていく
脚の行列は長く高い波となった

黙々とバスボイコットして三年
乗客の大多数がカラーだったので
差別撤廃の交渉は成立した

わたくし達はしゃべる家畜ではない
当たり前のことなのに
敢えていうならば
融和の言葉を求めるのは夢だろうか

あの時
それでもドリームを持とうと
呼びかけた牧師さんはあなたですか
『キングと申します　ローザさん』

# 白鷺

ほっそりと柳にも似て水辺に鳥あり
そろりと動く彫刻は
青空を背にした一幅の絵
わびた紫竹にも似た脚
若鮎は松と勘違いして戯れたとき
華麗で俊敏な嘴の餌食となる

上品ぶりやがって！
せっかく養殖した鮎をなにしやがる
「おほほほ　そちは何やつじゃ」
農協が苦しい財政のなか営々と育てた鮎

献上されるが如く貴婦人の口へ
たたずむ姿は喝采さえ聴こえる

まあ！　沢山の白鷺がきれいね
こんな処に住みたいわぁ

奴に勝つ手段は抹殺するしかない
悶々とする　この季節
動物愛護という厄介なしろもの

「わらわを殺めると　天罰がくだるぞよ」

純白を装う詐欺鳥
するどいのは嘴だけではない
漁師を睥睨する孔雀に似た眼光

敵はしなやか　せせらぐ葦

# 芭蕉布

琉球王朝の斎場《せーふぁう》御嶽《たき》は
世界文化遺産　礼拝の聖地
この地に艦砲射撃の穴が現存する

非戦闘地域への砲弾の痕
直径四メートルの水たまり
凹みは水の澄む事を許さないだろう

帰りにタコライス店を訪ねた
壁には芭蕉布に描かれている
芭蕉樹の一本の木

バナナに似た葉が天空を目指し
掌を合わせ
たわわに実が寄せ合っている

ゆで卵入りのタコライスがきた
沖縄の味を　沖縄を
混ぜこぜにして掻き込んだ

あまたの死の海岸は
何ごとも無かったかのように
平和を謳歌するボードセーリング

南国の柔らかい風
カタンカタンと壁を叩き
芭蕉布と一緒に芭蕉樹もゆれた

# 独歩*の道

萌えたつ新芽　朝の光
あしもとの枯れ葉が
安山岩の階段を包んでいる

孤高となった大手門から
独歩の歩いた道標にしたがい
大分県佐伯《さいき》の城山へ

はやくも鶯が発声練習
どんぐりと背を並べて野草も芽吹く
どちらも　あと少しで一人前

自分との対話が始まる道は苦い
思わぬ誤解が溶けなかった過去
独りよがり　身にしみる

ふるさとの武蔵野から離れ
山林に自由存した道
こもれ陽　釈迦草を照らす

リスがおはようと顔を見せた
警戒を知らないくりくり
豊かな尾が跳ねて　妙にわくわく

おはようございます
リスに挨拶した夫婦は
いたわり合いながら道を登っていった

＊　国木田独歩・英語と数学の教師として佐伯在住

# つばき

決断の時に目をつぶる癖
いつも一日伸ばしにし
いつもの後塵を浴びてきた

ひらひらと土に埋まるのは
優柔不断の極みだが
風にゆだねて飛ぶ

着地すると第二の空間があった
地から生まれる　四季の聲
まだ何かを待っていたい花弁

日影にわびしく
斜面にしのび咲いた花一輪
　木もれ陽にゆらゆら

白い椿
紅い椿
身投げを愉しむ如く散る
次の世代に命をたくし

# 人吉

山々の里はお日様とともにある
閉店が六時と聞かされ
急ぎ紹介された暖簾をくぐる

あれっメニューがない
うちは定食しかないよ
井戸端で聞いたような　女将の声

ひとり者が自由に席をおき
幼なじみがおっ母さんを囲んで
客同士で　おどけた自己紹介

珍味　ししゃも天ぷら
湯気まで新鮮　銀だら煮付
目頭抑えて食べた　おまけの蜜柑

今日一日の旅の思い出を語ると
誰もが相槌を打ってきた
そうなんだよ　だって人吉《ひとよし》だもの

煌々と月うつす球磨川のせせらぎ
川霧に白鷺が群れを成す
白壁は溶けていく

# まつうら鉄道

ややっ石積み穴に真っしぐら
とっさに屈んで頭を下げる
暗闇に入って　ふうっ

また　ひやり洞窟が迫って来た
南無阿弥陀仏　南無観世音菩薩
呪文らしきをぶつぶつ

円窓だ　出口だ　心まで明るい
外界にでると　樹林の並木道
枝葉の隙間から光　おぉ浄土

次は左　おっとすぐ右カーブ
電柱がない　柵がない
山から海から　ざわざわする

とんねる　とんねる
くぐるたびに毎回
プォープォーと妙な警笛が啼く

左右というホームに着いた
へんな駅名が多い鉄道だなぁ
凝らして見たら左石だった

カーブで急に上体が傾いたとき
とんねるでは無いのにプォーン
動物とびだしの　鹿の絵が新しい

# 草原のガゼル

ひたすら逃げる宿命を負うガゼル
生き残れるか
餌になるかは　巡り合わせの運
そのガゼルは俊足を失っていた
下肢はすでに痙攣を始めている
　仲間には不文律がある
狙われたものは仲間から見棄てる
　うそでも健常さを装う
狩人の　瞬間に弱者を見極める眼力
そのゆるぎない視線は死選

「しかし何よりも　まず何かをすることだ*」
　足の不自由さを克服した人からの響き

ガゼルは勝負にでた
いつもより小さな一歩だったが
凛として背筋をのばした
弱さを自覚する者は嘆かない
いまは勝つのではなく
敗けないこと
ピンチの時こそ強い心を得るチャンス
生きぬく力の遺伝子はあるのか

遠い汗の時間
夕焼けの草原に伸びるクの字の角
淡い月がでるまで草を嚙む

＊　フランクリン・デラノ・ルーズベルト
第二次世界大戦時の第三十二代アメリカ大統領
両足不自由の重度身体障害者であった

# つばめ

初夏の駅舎につばめ
小枝いっぱい頬ばって
お見事　長さが揃ってる

巣造りに目がさらに赤い
あわただしく巣床に詰めていく
産卵が迫っているのだね

左官を終えて飛び立った瞬間
もう一羽が窓から突入してきた
ああっ！　空中衝突

一閃
となり窓から外にでた燕尾服
片やとんぼ返りの越後獅子

泥を口に含んだ越後獅子
空中から乾坤一擲のストライク
あっという間にもうスピン

仕事を済ましたつばめは
別窓から黒線を残して去ってゆく
すぐさま一羽　今度はセーフ

資材優先のマナーを
わずかな時間で習得したつばめ
　邪魔にならないように
かがんで戦闘中の駅をでた

# 朝のおとづれ

カカカンカーン
重油管のハンマー音で目覚める
にわとりはまだ啼かない
布団からでるのは勇気がいる
でも　あの人の
ゆるぎない足音は呼んでいる
チクタク手探ると
きっちり四時五〇分
時計がいらない音の風景

ボッ
窯に火が入った瞬間だ
待ったなしで布団を蹴る

構内に入ると
冷気が作業着のボタンを
嵌め忘れている事を教えた
天窓から一条の光が射し
窯から一気に旅する新しい煙
ベルトを回すモーターも
ウィイーンウィンと吠えている

鉄は鉄人
ずっしり重くて妥協しない
指先に言い聞かせ
腰と膝を曲げる
ザッザッザッと通勤の音のする頃
沈着冷静な鉄が
だいだいの熱い笑顔を見せる
挨拶すると　どっとポタポタ
かさなる一筋

# 牡蠣

今日は約束した牡蠣を食べよう
手術の日は迫っている
かれも何処かで誓いを守っているだろう
わたしも馴染みの洋食店に向かう
高く威厳に満ちたシェフハット
夫婦で守ってきた軽やかな調理の音色

牡蠣は亜鉛の宝庫
タンパク質の合成に関わる酵素として
白血球の材料として
人体では合成できない必須ミネラル
海で鍛えられたゴツゴツの殻
そとづらを裏切る弾力は

神の好物
免疫力を備蓄して
最高の応援部隊となるべし

おもえばよく喧嘩したね
それでも何故か気になる奴だった
本当は　若かりし昔のように
頑丈すぎた体軀の時のように
ガチンと乾杯したかった
再発と聞き　雷光が奔った

亜鉛は脳の活性化にも効果がある
駄目押しに神明神社でお守りも授かった

いよいよ次は　心のいくさの準備
執刀医にも喰わせてみたい
大海原の恵みの幸に祈りを込めて

# 虎の尾

虎の尾を踏む　いくら自信があっても　誰が好き好んでやるものか
そんな尾を踏んだのは　普段から文武を怠らなかった武士であった
虎を仰ぎみると苦労を厭わなかった昔の面影がない　栄光の座を得
たとたんに豹変し　凋落していった先輩たちの軌跡　それを今の虎
も踏襲している　それでもまだ虎には圧倒的な力が残っている
武士は虎の僅かな油断をついて　幸運にも成敗した　だが虎の尾だ
けは残された　尾なぞもう何の役にも立たぬ　しかし捨て置くこと
もできぬ　潔癖症の武士は尾を懐にした　それは妙に肌触りがよく
いつの間に癖になり独り悦に入っていた　武士は特段意識した訳で
はなかったのだが　虎の尾を擦りながら　鷹揚に声を潜めて話すと
誰も異議を唱えない　偉そうな態度をしたつもりもない　慇懃な態
度をとると相手は更に下手にでる　気さくな仲間たちは遠くなり
新たな者たちはことば巧みで　二つ三つの心根を持っていた

ある日　久々の鍛錬をするとどっと汗がでた　手桶に水をくみ顔を
洗おうとすると　ぎくっとした　虎の顔が水面に揺らいでいるでは
ないか　俺は虎ではない　そうだよな　ギロッとした眼で振りかえ
ると　そばで遊んでいた子供たちは　クワーといって一目散に逃げ
ていった　なんで俺が…虎になっちまったのか　ひそひそ聲がする
あの御仁は融通がきかない堅物だ　前の虎の方がよかった　あやつ
の声だ　もう一人はご機嫌取りの奴だ　続けての言葉は頭から冷や
水をかけられた　とかく成功体験のある人は　権力を得ると虎の尾
を踏んでも気がつかない　時には気がつかない振りをする　慢性化
すれば慣習化する　お前が言えば笑ってしまうことも　虎の尾さま
がいえば神妙に納得した顔をするしかない　癪な話だが一度その座
を味わうともう治らない　一方　お前のような負け犬は負け癖から
抜けられない　結局虎の尾は必要悪なのさ
虎の尾？　そう云えばどこにあるのだ　いつの間にか消えている
だがいつも背中に感じる…歩き方まで音がしなくなった

# 汽笛

九《く》頭竜《ずりゅう》線はワンマン電車
ディーゼルは緑と青空と白雲を
水田に描いてゆく
踏切が迫ると無人でも汽笛を鳴らす
ピーッ
運転手の帽子が一回傾いた
つぎの踏切はふたつ連続
ピーッピーッ
帽子はせわしく二回

はて　付近には誰ひとりいないが
しかし弥兵衛の動体視力は捕らえた
踏切そばの居間からの一瞬の手を

今日もまぁまぁ元気だよ
それは上々　またね

鉄路は緩やかにカーブしてゆく

また踏切が近づく
ここらで挨拶の手振りがでるな
予想は的中し帽子がかたむいた

目的の無人駅で切符を運転手に渡す
『汽笛にも　いろいろ遣い方がありますね』
彼は一瞬ムッとした表情になったが
すぐ破顔一笑した

弥兵衛は手を振って電車を見送った
踏切はなかったが　汽笛が鳴った
ピーピー　ピッピーッ

# 跋

# 詩集『大手門』に寄せて

北畑光男

著者の出雲筑三さんを知ったのは、埼玉詩人会の役員会でご一緒してからだから足掛け四年になるが、もっと前からお付き合いをさせて頂いているような気持でもある。

この度、出雲さんから跋を依頼された。原稿を一読、是非、書かせて頂きたいと思った。

詩集名ともなった「大手門」は城の表門のこと。お城が大好きな出雲さんらしい正面からの堂々とした詩集名だ。

ある時、自宅から十キロメートル位の所の本庄市児玉町にある小さな雉岡城跡のことを話したことがあったが、出雲さんは、あそこの城は落城しやすいところだという。既に存じ上げていたのはびっくりした。

詩集には、城の形を保つ丸岡城を始め、鞠智城、竹田城、月山富田城など城跡だけになったところに触れた作品も多い。当然のことだが、それは単に城や戦跡の案内ではなく、かつてこの地に生きた城主などへの心情に心をよせて書いている。さらに言えば、そこに自分の思いも込めているが、詩の言葉は乾いている。

二章、三章の作品群は、「海」にみられるように地球が海を持たないどろどろのマグマに覆われていたマグマオーシャンの頃にまで思いを飛ばしている。「爺の心配ごと」も千五百万年前にまで遡り、擬人法でニッポンを書いている。人類誕生の遥か以前のことだ。「狛犬の空」は阿と吽を書き知的に表現し自分を振り返ってもいる。

昨年（二〇一九年・令和元年）の秋は大きな台風がたて続けに襲い、千葉県をはじめ関東各県も甚大な被害に遭った。台風の大型化も言われている。今年は新型コロナウイルスの出現である。これは日本ばかりか世界中で人間を病床に送っている。残念なことに死者の数も多く、各国とも対策に追われている。まだ、ワクチンもなければ治療方法も手さぐり状態である。オリンピックも延期になった。

地球の温暖化が叫ばれてから何十年も経っているが、未だに温暖化問題は解決されないどころか、温暖化が進んでいる。

私達の文明が抱える問題は温暖化ばかりではない。生物の多様性も失われつつある。生命が海で誕生し、陸にまで生活領域を増やしてきたのはオゾン層があるからだが、人間の活動はオゾン層を破壊してしまうフロンガスなども発明している。生物への影響は計り知れない。さらにいえば、産業革命以来、工場から排出される硫黄酸化物、窒素酸化物などは雨を酸性化させてきている。そのために森林が枯れ、病虫害の発生や、湖沼の酸性化がプランクトンや魚の死滅を招いている。便利さを求める私たちの文明は、水質や土壌汚染、大気汚染などから生じる有害物質による過敏症やアレルギーも負の部分として持っている。エボラ出血熱のウイルスはアフリカである。O‐157は北米、エイズは世界中で発生など場所、地域を選ばない。これらは環境が狂っている現代の特徴的な病なのかもしれない。加えて、原発問題なども抱えている。地震や火山噴火など自然災害も大型化しているとの指摘もある。

跋にこのようなことをあえて書いたのは、出雲筑三詩集が地球誕生からはじまり、人間の心のことにまでも触れているからである。文明の病にまでも関わる詩を問うているからである。

出雲詩集は『大手門』で正面から人間を問う。だが、教条的ではない。やわらかく、時にユーモアを持っている詩作品も多い。

出雲さんは水質管理の第一人者で指導的立場の方でもある。詩の理解の参考になればと思いあえて書かせて頂く。

高校生の時は、自転車競技の東京オリンピック（一九六四年）候補選手であった出雲さんらしい、スケールの大きな挑戦の詩集である。

現代詩のフィールドで詩のペダルをこぐ出雲さんの詩は視野が広く力強くスピードがある。

# あとがき

「大手門」は城の正面玄関である。どんな小さな城にも大手門はあり、栄枯盛衰がある。兵士の多くは平時は農民であり、領主も比較的合理的でワンマンばかりでなかった。大袈裟な言い方をすると、日常的に上も下もあらゆる差別に耐えていた時代であった。特に敗者・弱者への扱いは苛烈で民族の場合は力を失うと、徹底的に奪われた。弱いのが悪いのだ、という勝者の意識は人種を問わず誰にもある。城を訪ねると防御としての街道の辻や坂道や曲輪が絡みあい、一方では経済も重視した都市計画も成されている。密やかに構築物と自然の造形が一体化し、山桜や山つつじも咲いている。歴史を訪ねると、投げ出すこともせず、悲しみも不条理もすべて受け入れる。その上で明日へと向かう土着の精神が肌に染みてくる。劣悪の状況の下、しなやかに生きた人たちを踏み締めながら、拙詩集にさせていただいた。

私の城巡りコースを参考までに紹介したい。まずは外堀を探す。懸崖の川が多い。次に、案内板のある虎口から登り始め大手門址で小休止する。ここで地元の説明文を真剣に読む。ここから三ノ丸を経て、二ノ丸から主郭への路と景色が楽しい。下城は「搦手門」を抜け内堀に沿って帰路に就く。搦手門は探すのがなかなか難しい。何しろ危ういと為ったら、そっと逃げ出す門なので一目で判ったら意味がない。戦闘時に、ここから逃げ出す将兵・女官を攻撃側は故意に見逃す事もあった。沖縄・朝鮮には見られない日本独特の縄張りで、命達観とほほ笑んでいる。また月見櫓・富士見櫓も風流を好む城にある。宜しければ、お試しいただければと思っている。

一国一城令が徳川幕府により施行され、明治政府の廃城令により更に激減した城。現存する大手門は少なくなったが、心の大手門は誰しも有している。

縄文時代に戦争はなかった、と聞く。野生の人々は生き残るために自然界から与えられた恵みを大事にし、家族や仲間に分配してゆく。そうしないと強力な野獣や天災に一致協力して対応できなくなる事を、体験していったのだと思う。

弥生時代になると、集団化が進み権力に対する欲望が芽生えた。戦争の始まりである。如何にして勝つか…戦争のたびに技術革新が起こり、役割分担組織を形成し効率よく戦争してきた。

優勝劣敗はメソポタミア文明以来、人類は五千年の永き時を戦争で明け暮れ現在に至っている。戦争は人を殺す、財産を奪う。そこから連鎖的に果てしない憎しみが生じ、自然破壊は回復する暇も与えられず加速してきた。

全ての生き物は強者が生存権を得る仕組みがある。絶滅危惧種でさえ残り少ない仲間同士で争って、負けた方は滅びてゆく。これは生きとし生ける者が、避けて通れない本能である。ヒトは更に手が込んでいる。例えばある敵を倒すと、今まで味方だった人を敵と見なすようになるのである。ひょっとして、これは人類が絶えず生物界トップとして生き残るため弥生時代に培われた遺伝子なのではないか。

戦争回避は多様な人種・文化を認め合うことを、差別なく共生できるかに掛っている。少しでも優位に立ちたい、自己の栄華・安全を脅かす奴は今のうちに叩かないと、逆にやられる…こうした防衛本能がある限り戦争はなくならない。日本の戦いの現場を診ていく内に、弱いものは弱いもの同士、強くなると強いもの同士で戦ってきた歴史を感じる。

「アメリカの核の傘」という詞があるが、そうした意味で「城の傘」は制御機能があり、戦いを避ける術の一つであると感じている。

最近の「いじめ」をみていると「俺たちはお前より強いのだ、無理難題をやれ」と感じる。差別である。つまり小さい戦争の始まりである。やられた方は我慢するか、戦うしかない。大人でも国家でも差は感じられない。格差は戦争がなくても拡がるばかりである。

二章は環境危機に絞った。人類は便利さと自己権益をひたすら求め、環境汚染に無頓着になってしまった。公害防止管理者の一人として環境保護が如何に人材と金がかかるかを経験しているが、遂に人種同士の戦いに執着するあまり環境にまで目が届かず、地球を敵にしちまったのか、という感がある。思えば地球の直径を一メートルと換算すると、生物生存圏は世界最深のマリアナ海溝から世界最高峰のチョモランマ山頂までの一・五五ミリとなる。薄皮饅頭の皮に等しい領域に生息しているのに、指導者たちは征服者気分で気まぐれなマグマの動向に気付かない振りをしている。あまりにも事態は深刻になってしまい、巨大な書物ゆえに迂闊にページをめくれないのかもしれない。今となっては日常生活において環境ファーストの行動をとるしかない。

やけくそにユーモアを交えての詩となったが、近未来はあり得ると申し上げたい。

北畑光男さんに拙詩集の跋をお願いした。思いもかけず快諾していただき、さらに全体を通して根幹的なご指摘をいただいた。反省を込めて推敲している内に、並々ならぬ深くて温かいお気持ちを感じるようになった。心より御礼申し上げます。

また出版にあたり、勧誘いただいた土曜美術社出版販売の高木祐子様及び高島鯉水子様をはじめ関係各位には大変お世話になりました。謹んで御礼申し上げます。

二〇二〇年八月

出雲筑三

**著者略歴**

出雲筑三（いずもつくぞう）

1944年　東京生まれ
日本詩人クラブ・埼玉詩人会会員
無名の会・風狂の会・「花」同人
電子部品の表面処理技術者、水質第1種公害防止管理者、東京都1級公害防止管理者・職業訓練指導員（金属表面処理）、2019年日本百名城登城（認定№.2962）

詩集　『走れ満月』　2011.3.1　日本文学館
　　　『波濤を越えて』　2012.9.1　日本文学館
　　　『五島海流』　2017.5.15　待望社

現住所　〒359-0042　埼玉県所沢市並木7丁目1番地9-101

詩集　大手《おおて》門《もん》

発行　二〇二〇年九月十六日

著者　出雲筑三
装丁　高島鯉水子
発行者　高木祐子
発行所　土曜美術社出版販売
〒162-0813　東京都新宿区東五軒町三―一〇
電話　〇三―五二二九―〇七三〇
FAX　〇三―五二二九―〇七三二
振替　〇〇一六〇―九―七五六九〇九
印刷・製本　モリモト印刷
ISBN978-4-8120-2571-0　C0092